자유로의 귀환

자유로의 귀환
김병중 제12시집

초판 인쇄 ┃ 2015년 6월 25일
초판 발행 ┃ 2015년 6월 29일

지은이 ┃ 김병중
펴낸이 ┃ 신현운
펴낸곳 ┃ 연인M&B
기　획 ┃ 여인화
디자인 ┃ 이희정
마케팅 ┃ 박한동
등　록 ┃ 2000년 3월 7일 제2-3037호
주　소 ┃ 143-874 서울특별시 광진구 자양로 56(자양동 680-25) 2층
전　화 ┃ (02)455-3987 팩스 ┃ (02)3437-5975
홈주소 ┃ www.yeoninmb.co.kr
이메일 ┃ yeonin7@hanmail.net

값 9,000원

ⓒ 김병중 2015 Printed in Korea

ISBN 978-89-6253-167-1 03810

자유로의 귀환

자유로의 귀환

김병중 제12시집

얼마쯤 달려왔을까
아직 길은 끝나지 않았지만
자유로의 자유는
과거도 미래도 아닌 현재
나의 자유는 지금부터 시작이다
삶은 돌아오지 않는 다리
인생의 전장에서 시간의 포로로 살지만
이제 자유로의 귀환이 바로 눈앞이다
저 다리가 두 번째 서른 살
꽃다운 나이에 나는 가을 시인을 꿈꾼다

연인M&B

산에서 내려와 들길을 걷다 보니 저만치 한강이 보인다. 강을 따라가는 자유로의 길, 나는 지금 그 길을 달려가고 있다. 그러나 자유로에는 자유가 없고 오직 직진뿐, 삶은 언제나 푸른 신호등임을 안다. 아무리 지쳐도 쉬어 가는 것을 허용하지 않는 것이 인생 아닌가.

나는 그동안 철저히 시간의 포로로 살아왔다. 그러면서 늘 자유를 꿈꾸며 긴 강과 넓은 바다를 그리다가 이제사 만난 다리 하나, 다시 돌아오지 않는 인생의 다리를 건너고 있다.

이제 두 번째 서른 살, 무한 자유로의 귀환을 꿈꾸며 새로운 시인으로서 자유로를 달려갈 것이다. 삼십오 년의 세관 생활을 마감하며 전직 세관원인 헤밍웨이의 노인과 바다 대신 나는 사랑과 시를 꿈꾼다. 텃새에서 나그네새로의 비상을.

자유로가 보이는 파주에서
김병중

2

\

자유로의 귀환

3

\

꽃점

4

\

백조의 호수

5

\

눈사전

6

\

공자 감옥

1

고등어高等語

맨드라米

칼도 맞지 않고
정육점 분홍 불빛 아래 피 흘리는
벌건 살덩이 한 점
뜨거운 풀꽃으로 살면서
맨드라
자꾸 맨드라
배고픈 임의 허기 채워 주려
꼬리 긴 여름 해를 향해
벼슬 세우고 홰를 치며
사랑의 밥을 짓는
맨드라
맨들어라米

말[言]의 힘

밤에 혼자 책상다리하고 앉으면
수리수리마수리 수수리
이제껏 살아오면서
입으로 지은 모든 죄 깨끗이 씻어 버리고

십년지기 친구와 마주하고 앉으면
술이술이마술이 술술이
밑빠진 잔을 권하며
막힌 가슴 뚫어 마른 마음밭에 물을 주고

복잡한 세상 바쁘게 가로질러 가다 보면
쏘리쏘리마이쏘리 쏘오리
연신 굽신거리며
몸 부딪고 발을 밟아도 서로 웃으며 살고

고등어高等語

언어에도 등 푸른 놈이 있다
세상 물살 이리저리 헤엄쳐 다니며
그물에 잘 걸리지 않는
등은 푸르고
배가 흰 물고기가
하늘과 바다색을 만든다
아주 물 좋은 놈은
날로 먹어도 되지만
굽거나 조려야 더 맛있는 고등어를 잡는
청정해 외로이 지키는 시인의 낚시 찌는
한 번의 입질도 없다
어물전에서 소금물 뒤집어쓴 고기가
두 눈 멀뚱히 사람을 노려보아도
밥심으로 살아온 시인은
독한 십구공탄 불에 노릇하게 구워
무딘 젓가락으로 뼈를 바른다
익은 살이 떨어져 나가고 남는
앙상한 언어의 가시
비로소 고등어는 먹이사슬 상위의 시인이
꿈에 그리던 시가 된다

우거지寓居地

배추 겉잎 몇 장 펼쳐
임시 지붕 만들고
그 아래 조용히 세상 등지고 앉은 그는
털이 빨리 길면 죄가 된다
수염을 깎지 않고
맹물도 마시면 살이 될까
물도 자주 마시지 않는다

집 떠나 깊은 고요에 묻혀
햇빛이 내린 소금기 먹고 살면서
짭조름한 사람의 눈물맛을 배우고
물거울에 비친 얼굴의 미소도 안다

개미도 오가지 않는 비린내 없는 부엌
오래 잠든 가마솥에 가랑불 지펴
된장 내음나는 국 한 그릇 끓이면
구름도 수직으로 비를 뿌리지 못하는 움막
알전구 눈짓 없이 밤이 오고
도로명 주소 없이 눈발이 날아와도
거기엔 늘 따뜻한 시락국詩樂國이 있다

시詩아버지

시아버지는 오일마다 열리는 시전 상인
장돌뱅이로 구른 지 이십 수년에도
자기 점포 하나 없다
눈비에도 장날은 꼭 지키는데
전대 출렁이고 콧노래 부르며 들어온 날이
열 손가락도 안 된다
저녁이면 덧셈이 시원치 않아 술 냄새만 나고
그래도 시답지 않은 벌이 버리지 않고
헛기침으로 상석 지키는 그를
나는 줄곧 시아버지라 떠받든다

시아버지 이젠 복 좀 주세요
저도 시아버지 무릎 위에라도 앉아
시인 대접 받고 싶어요
아무리 춥고 배고파도
예술지상주의를 지지하는 시아버지
그 정신을 오늘도 하늘처럼 믿고 사는
나는 미인 허리의 말감고
금을 잘 놓아
개평 뜯은 돈으로 고등어高等語 글상
따뜻하게 한상 차려 올릴게요

정구지情求枝

꽃 사월 텃밭 귀퉁이에
깨알 같은 씨를 줄뿌림했더니
바람 소문도 없이
파란 바늘 침이 이슬을 꿰고
소복소복 줄지어 선다

연약한 몸으로 하얀 별꽃까지 매달고
울 안에 사는 작은 풀이지만
아무리 베고 베어도
솔솔 파내음 올라오는 풀잎에서
중년의 아내 냄새가 난다

속이 무르고 맹물 맛나는
다다기오이 같은 나의
벌어진 마음 틈새 잘 찾아들어와
깊은 맛의 소박이 만들고
늘 가까운 데서 사랑 키워 내는 부초

꽁무니바람 불어오는 오십견의 언덕
있는 듯 없는 듯이 살아도
씹어도 씹히지 않는 질긴 맛이라
부부의 정 오래 지켜 주는 새싹을 베려면
적어도 속눈썹만큼은 남겨 두란다

피마자유

피난민이 숨은 노근리 쌍굴다리에
지워지지 않은 미군의 총알 자국
아픈 세월이 오래 흐르다 보니
상처도 꽃이 되어 사람들이 찾는다

그곳에 피어나는 무궁화는
선홍 핏빛
금강에 사는 쏘가리 낚시는
손맛도 붉고
영동 포도즙은 신의 물방울 되어
총 맞은 가슴도 아무는데
성게를 닮은 아주까리 열매는
붉은 피 한 입 가득 물고 있다

철길 옆 외롭게 선 해바라기는
부끄러운 얼굴을 깊게 숙이고
상처난 다리 밑에서 비린 바람 불어오면
피마자유
피마자유
어디선가 사투리가 귀청을 울린다

연하장年下長

성탄절 지나고 새해 무렵
젊은 십장생들이
지상을 무쌍하게 누빈다
해, 학, 돌, 거북, 소나무 등을 타고
새해 덕담과 함께 듣는
연하장의 축복을 보며
한 살 더 먹어
주름살 늘어 허무는 커지지만
불로장생의 답은
서러운 홀아비 나이만 먹지 말고
젊게 살라 새롭게 보라며
웃으며 던지는 한마디
사랑은 스무 살도 훌쩍 뛰어넘는
금슬 좋은 연하가 짱이란다

고래고기 古來古記

옛날 아주 옛날 세상에서 제일 순하고 덩치 큰 동물이 한반도 초원에서 직립 보행하며 살았다 그가 새끼 낳고 배를 채우면서 큰 숲이 사라지자 사람들은 힘을 모아 그를 바다로 밀어 넣는다 그 후 발이 지느러미로 변해 온 바다 누비며 물고기를 먹이로 사는 고래 진화론

그걸 사람들은 아무도 믿지 않는다 허파로 숨 쉬고 새끼에게 젖을 먹여도 고래에겐 땀과 눈물이 없어 고기에서 수구레 냄새가 난다며 좌우로 고개를 젓는데 옛날 불란서에서 우리나라를 고래야 라고 부르면 쌍수 들고 환영하던 우리는 삼면이 바다인 고래 민족

요즘 고래 고래야는 오대양 육대주 누비며 오천년 묵은 대왕고래 수염붓으로 뜨거운 지구 가슴에다 먼 날 붉은 사랑을 쓰고 있는 아 고래 고래 이야기

시발노무시기 詩發勞務時期

시인은 부지런해야 한다
아흔아홉 칸 원고지가 텅텅 비어 있어도
물 좋은 언어로 채우지 않으면
눈부신 시집이 되지 않는다
눈으로만 그린 시와
입으로만 쓴 시는
누구도 함께 나눌 수 없어
시인은 펜만 들고 세상을 향해
詩發勞務時期
그렇게 알몸 육성으로 외치고
쿵쿵 북소리 나도록 가슴을 치며
윙윙 광야를 가르는 바람 소리
피가 거꾸로 펄펄 뛰는 소릴 적어야 한다
신이 내린 금잔 하나
그보다 더 비싼 예술의 잔은 없기에
그 잔에 잘 익은 진실주 철철 넘치게 부어
세상 흥망청청 취해야 한다

정류장 情留場

철대문이 없고
초인종도 없는 그곳에 가면
반기는 주인은 없지만
소리 없는 정이 천천히 머문다
설렘 없는 기다림은 없고
기다림 없는 만남도 없지만
남남이 서로 다가가고
낯선 사람끼리 등을 대는 곳

옷은 벗으면 그만이지만
차는 타기만 하면 한 목숨이라
인연의 옷깃보다
우연의 동승이 더 소중한 것
스물일곱 번째 정류장에서 그대를 만나
같은 방향으로 가는 차를 타고
기대고 흔들리며 육십령을 넘는 길
저 허리쯤에서 경적을 울린다

서면 내려서 걸어야지만
차는 헐떡이며 모진 고개를 넘어가고
썰렁한 오후의 차창 밖엔

낯익은 풍경 하나 보이지 않는데
고장난 손목시계는 지금도 열두 시
정을 싣는 버스도 없고
설렘이 방전된 텅 빈 정류장뿐
하차하는 것도 이젠 자유가 아니다

구덕九德

한 가지 덕을 쌓기도 어려운데
아홉 가지 덕을 쌓는다는 건 과욕이다
무리하게 구덕을 쌓으려다
구더기 밥이 된 세월의 백골은
한 줌의 두엄일 뿐
무적의 배도 파리에게 무릎을 꿇는다

연약한 파리 다리
파리한 파리 날개뿐
거구의 세월을 앞지르다 넘어진
세월의 주인 몸에
다닥다닥 구불구불 구덕이 살고
정답을 내지 못한 국과수
한참 쪽집게 체면만 구긴다

애벌레가 구덕이고
어른벌레는 두 손 부벼 사죄하는
구원이 죽은 신도의 사회에선
세월의 이마 위에 파리 발자국 문신
풀밭을 잉잉대는 수천의 광파리들은
구더기 부활만 예찬하고 있다

잘자궁

한밤에만
같이 가지 못하는
너와 나의 은밀한 궁전이 있어
거기 가려면
미리 두 눈 감고 기다려야 한다

사랑하는 사람끼리 짓는
기도의 궁전에서
하루 걸음한 분량의 발자국을 지우고
별밤 마주한 얼굴의 눈웃음을 그리며
서서히 자궁의 문을 열어야 한다

신비한 애愛가 말없이 자라나는
신생의 자궁엔
그리움을 태우는 따뜻한 불꽃들이 있어
선잠도 사랑이 되어
천길 천상에다 아늑한 꿈자리를 편다

시금치詩金痴

시를 금처럼
아끼는 사람을 시금치라 하자
날카로운 못이 되지 않고
부드럽고 따뜻한 황금빛 우산이 되는
그걸 시인의 무기라 부르자
생각의 도수 높이려
때묻은 목걸이 귀걸이에 반지를 잡히는
그곳을 시 전당포라 하자
무쳐도 끓여도 볶아도
진초록의 빛만 남는 푸른 시
그걸 순수시라 부르자
눈에 피부에도 좋은
철분 버석이는 영양시를 짓는 시댁 부엌
시를 밥처럼
그르지 않는 밥보를 시인이라 하자

고로쇠 나무

나무가 쇠를 끊는다
더 붉은 단풍나무가 무쇠를 끊는다
겨우내 얼지 않은 알몸 속에 차갑게 가둔
달콤하고 부드러운 물이
쇠보다 훨씬 강하다

칼로 나무를 자를 순 있지만
칼로 물은 자를 수 없어
새 봄에 물오른 싱싱한 나무는
칼바람 앞에도 사뭇 당당하다

겨울을 이기는 나무는 새 잎이 나지만
자신을 이기는 나무는 샘솟는 수액이 있어
눈보라에 담금질한 나무는
고로 쇠가 되어 뿌리 깊은 봄을 세운다

2

자유로의 귀환

이진법

아프리카 어느 족속은
숫자를 세 개밖에 모른다
하나
둘
많다

세 개든 백 개든
다 많은 것

첫 사랑을 꿈꾸는 사람은
단어를 세 개밖에 모른다
나
너
영원히

세 개든 백 개든
다 남의 일

뒷거울 보기

내 마음의 뒷거울에는
늘 멀리 떨어져 있는 그대가 보인다
눈에 보이는 것보다 마음에 보이는 것이
더 가까이 있다는 것을

우리 시간의 뒷거울을 보면
나와 같이 걸어온 길과 그대가 보인다
눈에 보이는 것보다 추억 속에 보이는 것이
더 선명하다는 것을

자유로의 귀환

자유로는
차가 달리는 길이 아니다
담 없는 마음이 가는 길
꽃망울 가슴이 뛰는 길
아지랑이 눈물이 스미는 길이라
진정한 자유로는
자유가 넘치면 안 되는 길이다
그런 자유를 지켜 주려
먼저 행주치마 바람이 불고
한강과 임진강이 번갈아 동행하며
그래도 못 믿어 철조망까지 두른다

얼마쯤 달려왔을까
아직 길은 끝나지 않았지만
자유로의 자유는
과거도 미래도 아닌 현재
나의 자유는 지금부터 시작이다
삶은 돌아오지 않는 다리
인생의 전장에서 시간의 포로로 살지만
이제 자유로의 귀환이 바로 눈앞이다
저 다리가 두 번째 서른 살
꽃다운 나이에 나는 가을 시인을 꿈꾼다

다 파주라

파주라 파주라
강 하나만 두고 다 파주라
임진강에 배 띄워
헤어진 임 소식 전해 듣도록
다 파주라

파주라 파주라
다리 하나만 두고 다 파주라
돌아오지 않는 다리를
우리 사랑의 만남교로 만들게
다 파주라

파주라 파주라
감악산 순수비만 두고 다 파주라
검은 빗돌에 대왕의 숨은 뜻을
임꺽정이 알고 의를 행하게
다 파주라

파주라 파주라
사람 하나만 두고 다 파주라
사람이 진리의 책이 되어
서로 읽고 희망의 깃발 올리게
다 파주라

자유로

자유로엔 자유가 없다
강 옆으로 키 큰 철조망이 서 있고
길 가운데론 넘을 수 없는 풀밭이 있어
앞만 보고 달려야 하는
그걸 멈출 수 없는 자유라 부른다
사랑과 웃음의 자유
이별과 눈물의 자유가 있지만
자유로에선 이런 자유도 없다
강물이 푸르게 흐르는 일
황사바람이 서해로 불어오는 일
나그네새들이 오가는 일도 모두 자유로운데
사람들은 좌회전도 없이
직진의 통일로 향해 그저 달려만 간다
자유로에서 소원이 뭐냐고 묻지 마라
길은 전쟁도 평화도 아닌
통일을 위한 신호등 없는 정속 주행일 뿐
길에 길이 연하여 하나 됨도 바라지 마라
가다가 발목을 잡는 다리
철모 쓴 군인이 총 들고 앞을 막아서면
그래도 전진을 포기하지 마라
자유로엔 언제나 통일이 보인다

오두산 통일전망대가 보이고
판문점 지나면 민통선 안에 통일촌이 있어
그래도 겨레란 이름의 꿈을 꾸며
아버지처럼 빼앗긴 자유를 원망하지 않는다

딤채

DMZ를
소리나는 대로 받아쓰면
딤채
숙성이 잘된 김치의 언어가
냉대冷帶 안에서 컴컴하게 익어 가는
피와 눈물이 섞인 발효 과학이다

DMZ를
한글 좌판에 놓고 치면
믕
메아리 없는 외마디 비명에
남북 시계時計도 일시에 멎는
소경과 벙어리의 구부러진 지뢰길이다

우리가 사랑할 땐

우리가 사랑할 땐
서로에게 배우
인생극장에는 너무 관객이 많아
무언극으로 연기할 수 없지만
두 눈으로
서로 깊이 바라보고
두 발로
마주 가까이 다가서며
주연이나 조연
거지나 사장역도 다 좋아라

우리가 사랑할 땐
서로에게 배우자
사람과 사람 사이 촛불을 켜고
불꽃도 흔들리지 않는 연기를 하며
거울을 보는 것이 아니라
무대 아래 관객 눈빛을 보고
앞에서 보이는 웃음이
등 뒤에서는 눈물이 된다 해도
독백이나 방백
침묵이나 박수도 아주 근사해라

희망의 숫자

10층도 넘는 종합병원에
4층 표시 대신
고급 열쇠를 닮은 F자
흡사 잠긴 가슴을 여는 키 같다

올 때 되어 오는 게 목숨이고
갈 때 되어 가는 게 사람인데
사랑이 피듯 꽃이 피고
꽃이 지듯 사람도 지는데

누가 4자에서
까마귀 울음소리 들린다고 했는가
내 눈에는 동서남북
행운을 가리키는 방향 표시다

밑에서 오르는 4층이
위에서 내려가면 6층도 되는
아직껏 여기 생명의 글자가 없으니
이 땅에 죽음의 숫자도 없다

뜨거운 대★자

대한이 소한 집 다다미방에 놀러 갔다
얼어 죽었다는 부음을 받고
그를 문상하러 대한을 지나다가
순사 칼바람에 눈물마저 꽁꽁 얼어붙은
대한제국의 일월을 본다

춥고 긴 대한의 겨울이 끝나자
꽃잔치의 봄을 억지 위안 삼는 문외한들이
대한민국 국호를 줄여
바보처럼 한국이라 부르며
뜨거운 큰 대자 하나 영 빼놓고 산다

좀먹는 詩

책 살 돈이 없어서
책방에 가서 책을 보고
공책을 아끼려고
연필로 쓰고 담엔 잉크로 썼다
잉크를 절약하려고
뽕나무 열매 오디물을 짜서
그것을 철필로 찍어 시를 쓴다

여름 지나 시를 퇴고하려 공책을 펴니
아, 오디물이 지나간 자국을 따라
공책이 하얗게 분해된다
사람도 안 읽는 시를
좀이 먹어 준
그래도 詩좀이 있어 참 다행이다

책장수

장날 좌판 위에 벌려 놓은
춘향전, 구운몽, 장화홍련전
홍길동전, 의적 일지매……
동화책은 없고
거의 어른 책이고
박종화의 자고 가는 저 구름아
덩치 큰 문고본의 잠자리가 비좁다

아이들은 뽑기 고무풍선 부느라
핏대 세워 볼을 실룩이고
어른들은 약장수 확성기 소리에 끌려
비암 효능에 갈팡질팡이는
지뿔 내뿔의 계절
오후 새참까지 마수걸이도 못한
책장수가 뿜어내는 긴 담배 연기
그 곡선의 여유가 부럽다

사과나무

스피노자는 종말이 와도 사과나무를 심고
어느 가수도 종로에는 사과나무를 심자고
뉴튼은 사과가 땅으로 떨어지길 눈이 빠지라 기다리고
잡스는 잽싸게 사과 한 귀퉁이 베어 물고 컴퓨터를 켜고
어머니는 사과 깎으며 긴 껍질 또아리를 만들고
나는 사과 깎는 소리 들으며 군침을 삼킨다
사과나무 학원 옆에 사과나무 출판사
사과나무 미용실 곁에 사과나무 치과가 자리한
사과 천지 홍옥빛 도시의 가을

손으로 닦을수록 더 반질해지고
깨물면 파삭하고 톡 쏘는 사과 껍질째 먹으며
둘이 꽃 그늘 아래서 도란이던
과수원집 공주는 어디로 갔을까
자리끼로 작은 연못 하나 발 밑에 두고
서리 맞고 난쟁이처럼 비탈 언덕에 선
세 번째 스무 살의 가을나무
그 가지를 흔드는 소슬바람은
겨울 눈꽃과 봄의 꽃눈 춤사위를 배운다

파랑새는 있다

파랑새는
사람을 두려워하지 않는다
사람들이 파랑새를
찾지 못할 뿐
직각 절벽에 희망을 뚫고 사는 새를
하늘에서 찾다가 혼자 지친다

파랑새는
머리가 검고 가슴은 희다
사람들이 온몸이 파란 새를
찾고 있을 뿐
푸른 등 날개 펴고 파랑파랑 나는 새를
푸르다 않고 딴 데로 눈을 돌린다

늑대와 여우

함부로 남자보고
늑대라 말하지 마라
평생 한 마리의 짝만 사랑하다
먼저 짝이 죽으면 어린 새끼 다 키운 다음
짝 무덤 앞에서 굶어 죽는 그 사랑을 아는가
늑대만큼 사랑한다면
여자가 바람으로 울 일이 없다

아무나 여자보고
여우라 부르지 마라
집 떠나 남남끼리 살 섞고 살다
숨 거둘 때 머리를 태어난 굴 쪽으로 두고
초심 잃지 않는 그 정신을 아는가
여우처럼 근본이 있다면
남자는 늘그막에 이별수가 없다

3

\

꽃점

꽃점

꽃이 점을 친다
비나이다 비나이다

노란 꽃수술 신장대 흔들면
신이 내리고
하늘에는 솜구름
들판에는 안개꽃

꽃이 꽃을 피운다
꽃잎 속에 아버지가 보이고
아버지의 피묻은 손이 보인다
붉고 맑은 오대 독자의 피가
꽃잎 위에 뚝뚝 떨어진다

이름도 모르는 벌이 날아와
암술을 범하고
바깥 세상은 난리 중인가
또 다른 벌이 속살에 침을 꽂자
꽃이 아프게 흔들린다

몸을 사리지 않는 꽃은
한 번의 뜨거운 불침을 원하지만
제 맘대로 피는 꽃은 없고
어둠에서 몰래 익는 열매도 없다

꽃이 점을 친다
비나이다 비나이다

흙가루로 밥을 짓고
솔잎으로 국수 말아
풀각시에게 백팔배 절하는 봄이면
곧잘 꽃점을 친다

희망의 봄

봄이 간다고 하지 마라
온다고 하라
언제나 봄은 어김없이 찾아오고 있으니

꽃이 진다고 하지 마라
핀다고 하라
언제나 꽃은 변함없이 피어나고 있으니

나비가 난다고 하지 마라
춤춘다 하라
언제나 나비는 욕심없이 꽃을 누리고 있으니

새가 운다고 하지 마라
노래한다고 하라
언제나 새는 눈물없이 날아들고 있으니

하늘이 높다고 하지 마라
낮다고 하라
언제나 하늘은 높이없이 눈 뜬 자의 것이니

가슴이 아프다고 하지 마라
마구 뛴다고 하라
언제나 사람은 사랑없이 못산다 하고 있으니

사시랑

사랑해
라고 쓰려다가
시랑해
라고 썼다

사랑해는
사람에게
시랑해는
시에게 하는 말

둘을 합하면
사시랑해
그것은 사시사철
사랑에 빠진 시인의
보랏빛 시어

상처의 꽃 · 1

시는 상처의 꽃
시인들은 상처받지 않은 것처럼
속마음 숨기고 시를 쓰며
때로는 시가 나오지 않아
면도날로 스스로 깊은 상처를 만들고
그 상처에서 흐르는 붉은 피를
꽃이라 한다
아파도 아프다 말하지 않고
상처를 상처로 드러내지 않는
천자만홍의 꽃밭을 가진 시인의 눈물은
뜨겁고도 붉다
상처에서 피 냄새를 맡는 아내는
시인의 피묻은 수건을 숨기고
시인은 상처가 꽃이란 말을 믿는 사람들에게
눈물 내음의 아내를 숨긴다

상처의 꽃 · 2

광야의 늑대가
홀로 동굴에서 아픈 상처를 핥는 것처럼
상처받은 사람이
밤의 적막 속에서 시린 생각을 곱씹으며
내일의 해는
오늘의 해가 아님을 알고
어둠에서 먼 빛을 바라보는 것
지금의 상처가
흉터로 남지 않고
아름다운 문신이 되는 것
진흙에서도 연꽃이 피고
돌틈에서도 풀이 자라듯
절망은 벼랑이 아니라
희망의 디딤돌이 되는 것
사람들은 자신의 상처를 사랑하고
거기 새살 돋는 신비의 연고를 바른다
어디 상처만한 거름이 있으랴
언제 눈물만한 꽃이 있으랴
상처가 만든 자리에는
주름이 지지 않음을 알고
눈물이 피운 꽃은
열매가 떨어지지 않음을 안다

그녀의 이름

그녀의 이름이
옹애인 이유는
처음 태어나 우는 소리가
이름이 되고

그녀의 이름이
옹가인 이유는
역신이 더러운 걸 싫어하여
이름이 되고

그녀의 이름이
덜렁이인 이유는
길게 땋은 꽁지머리 잘 흔들도록
이름이 되고

그녀의 이름이
할아버지 꼬리인 이유는
어른 잘 공경하고 따르라며
이름이 되고

그러나 그녀의 진짜 이름은
세상에 태어나
한번도 죽은 적이 없는 이름으로 살며
한번도 소리내어 부르지 않은
그녀와 나의 이름은
때묻지 않은 첫사람 첫사랑이다

별들의 소리

끝없는 우주 바다에서
별이 내는 소릴 들었는가
생각지도 못했던 별소리
세상에 세상에나
별은 별을 품지 못한다고
별이 별끼리 냉전을 계속하고 있다는
살다 보니 별소리 다 듣겠다네
별의 나이와
별의 체중도 모르면서 혼자 별을 사랑하는
만날 만날 듯하면서도 만나지 못해
하늘바라기하는 사랑은
아직도 진화되지 않는 그리움만 안고
별을 헤는 한밤이다
별이 별자리를 떠나지 못하듯
내가 그대를 떠나지 못하고
내가 별의 소리를 듣지 못하듯
별도 나의 소리를 듣지 못하네
너도 나도 귀먹은 별
별천지에서 그대 그리는 오늘 밤은
반짝반짝 눈시울만 젖는다

사랑의 공식

사랑은
너 가로
곱하기 나 세로
무너지지 않는 중심의 정사각형

참 사랑은
아랫변의 나
더하기 윗변의 너
곱하기 높이
나누기 둘
변치 않는 평행의 사다리꼴

영원한 사랑은
너 반지름
곱하기 나 반지름
곱하기 화이트데이
끝없이 맴도는 달콤한 원

그러나 이별은
밑변의 너
곱하기 나의 높이
나누기 둘
삼각의 절벽이 만든
하늘 찌르는 피라미드 무덤

몰래한 사랑

야밤에
탄알 한 발을 장전하고
구멍 뚫린 가늠자와
삐쭉 솟은 가늠쇠에
살아 있는 표적을 올려 놓고
천천히 조준선 정열
잠시 숨을 멈추고
찬찬히 방아쇠를 당긴다
따앙
뜨거운 몸을 부르르 떤다
빈 껍질의 탄피가
발밑에 떨어지고 남는
시간을 태운 짙은 화약 냄새
바람이 몰래 지운다

반 누드화

숫모래 위에
물붓질하여
분화구 생기고
작은 물길도 열리고

검은 꽃 지자
바람이 멎고
뜨거운 폭포도 멎고

예술에 성性을 구분하지 마라 해도
여작女作일까
남작男作일까

맨땅에다
오줌으로 그린
김 오르는 지도 한 장

꽃보다 꽃밭

외로이 선 한 송이 꽃은
한마디 꽃말로
바람의 귀를 간질이는데
모여선 여러 그루 꽃들은
제 이름 숨긴 채 한 가지 빛깔로
붉은 바람의 무덤을 만든다
꽃말보다
꽃색이 더 좋은 나라에는
한 송이 꽃보다
한 무더기 꽃밭에
영롱한 이슬 보석이 더 많다

어머니의 손

약이 없던 시절
어머니 손은 언제나 따뜻했다

저녁 먹고 배 아프다 하면
어머니는 손 내밀어 등을 두드리고
배를 살살 문지르면
어째 꾀병처럼 배가 아프지 않다

한대를 온대로 만드시는
어머니의 손이 그리운 밤
남극과 북극에는 찬바람이 동시에 부는데
배와 등은 반대지만
멀지 않는 거리에서
서로 따뜻한 몸바람이 된다

요즘 약이 많아도
어머니 손엔 아직 꽃불이 탄다

어머니 이불

평평 함박눈 내리는 밤
포근한 조선 목화솜 이불 한 채로
오 남매는 서로 난로가 되고
지붕 위에 또 한 겹 두꺼운 눈이불 덮어 주어
원앙금침의 핫이불보다 따뜻하다
덜덜덜 문풍지가 밤새 울어도
차가운 이불 위에 체온 고르게 펴
꼼꼼하게 시치시는 어머니의 솜 같은 사랑
겨울이면 돌돌대는 뜨거운 보일러보다
두 다리가 쑥 나와도 좋은
목화 솜이불 깔린 아랫목이 그립다

부엌

부엌에서 칼을 잡으면
물이 흐르고
불이 타오르고
달그락달그락
뼈와 살을 만드는 타악기 소리
어머니는 벽이 아닌
배고픈 북의 땅보다 외롭게 서서
부뚜막의 소금과
단지 안의 장물로 간을 맞추고
보리밥에 시래기와 고추장을 비빈다
숟갈에 힘을 주며
골고루 섞어 알맞게 나눠 주는 것이
동학 정신이거나
민주주의인지 모르지만
여든의 어머니 등은
성모마리아 등과 닮아 있어
가볍고 게으른 나의 기도에
사랑과 정의를 앞세우고
밥과 설거지 잘도 해 주신다

마지막 고향

하늘이 고향이라면
나는 한 줄기 바람으로 돌아가리
구름은 나의 움직이는 무덤이 되고
무덤은 해넘이 노을재로 사라지리

땅이 고향이라면
나는 한 줌의 흙으로 돌아가리
안개는 나의 창 없는 집이 되고
집은 해 돋는 아침 무지개로 사라지리

바다가 고향이라면
나는 한 이불 속의 파도로 돌아가리
섬은 나의 부드러운 베개가 되고
베개 나란히 베고 네 이름 부르다 사라지리

시가 고향이라면
나는 한 권의 시집으로 돌아가리
시는 나의 영혼의 악기가 되고
악기 소리는 그믐달 발자국으로 사라지리

어둠이 고향이라면
나는 다시 지구별로 돌아가리
지구에는 나의 부끄러운 이름자들이 남아 있어
그 이름 지우고 다시 빛나지 않는 별똥별이 되리

사랑이 고향이라면
나는 하나뿐인 첫사랑으로 돌아가리
너는 나의 처음 뛰는 심장이 되고
심장은 네 가슴을 돌아 마지막 맥박이 되리

개망초

어머니는 하늘을 탓하지 않았다
비바람 부는데도
천둥 벼락이 치는데도
수런대는 들판을 홀로 지키며
하얀 꽃이 되었다

어머니는 바람을 탓하지 않는다
해를 가린 비구름과
흔하디흔한 가시손의 잡초가
오랑캐꽃 남침 막는 국경을 만들어도
남들처럼 개망초를 망국의 꽃이라
막말하지 않는다

누가 무슨 꽃이냐
무슨 향기냐 물어도
뿌리는 하늘이 내린 순한 물만 먹고
꽃은 한번 정한 자리 옮기지 않는다며
단벌의 무명 옷차림으로 산다

이제 여든 고개를 넘었어도
들에 밭에 집에

지천으로 피어 있는 어머니꽃
하늘과 바람의 꽃밭에는
흰 나비 한 마리 여전히 날고 있다

거미줄

거미줄이 거미에겐
길 건너는 다리가 되고
짝짓기하는 방도 되며
먹이를 포획하는 그물도 되지만
내겐 얼기설기 고독을 얽는
바람 숭숭한 원형의 네트워크
그 기하학적인 배열은 나를 유혹하고
발돋움해도 닿지 않는 고고한 높이
그것이 매양 나를 압도한다
그냥 둬도 피해 볼 것 없는데
독을 가진 거미에게 괜한 시비 걸어
잽싸게 외줄 타고 수직 하강하여
침대 구석 밑으로 몸이라도 숨긴다면
아무리 불을 켜도 거미를 찾는 건 헛일이다
거미는 하나의 줄로 오래 사는데
사람들은 여러 개의 줄로 서로 목을 조르거나
두 팔 포승하는 싸움질을 보면
거미가 사람보다 낫다는 걸 안다
진정한 거미줄의 용도는 추락이 아닌
안전한 낙하인 것
바람을 두려워하지 않는 거미 춤사위 앞에

세상을 얽어 놓은 무수한 관계의 줄로
나만의 다리와 방과 먹이를 찾아
오늘도 보이지 않는 무수의 줄을 던진다

파랑의 새

청호반새는 총부리 겨누는
군대를 좋아한다

중부전선 차가운 철책
십자로 그은 접점
움직이는 물체의 겨눔
그러나 총구는 새를 향하지 않고
뜨거운 이십대
사나이 가슴을 향한다

총소리 콩닥이고
가끔은 대포 소리 들리는 곳에
군민보다 군인이 많고
사복보다 군복이 많아
새의 눈은 사람을 살피지 않고
날개는 더 큰 부채꼴이다

청호반새는 물총 부리로
군대의 벽을 뚫는 파랑의 새다

4

백조의 호수

백조의 호수

이른 시간에도 빈자리가 없는
서래마을 담장 옆에 국화꽃
커피와 떡을 먹으며
떡카페 이름을 생각해 보는데
그때 조용히 흐르는 백조의 호수
우아하고 애절한 사랑 이야기에 취해
차이코프스키의 삶을 생각한다
노래만 남고 사랑은 가는 것
찻잔만 남고 향기는 사라지는데
홀연히 가게 안에 호수가 열리고
차 있고 커피 있는 스퀘어
차이 코프 스키가 내게로 다가온다

멀미

차 핸들
내가 잡으면
멀미가 나지 않지만
남이 잡으면
금세 멀미가 난다

주인에겐 덤비지 못하고
객만 골라
목을 꺾고 속도 확 뒤집는
야비한 게릴라

약자에게 강하고
강자에게 약한 멀미
사랑에는 더 약해
멀미약 없으면
남녀 포옹 처방이 아주 특효

마음의 핸들
내가 잡으면
이정표가 잘 보이지만
남이 잡으면
금세 고개 돌리는 사람멀미다

탑 쌓기

하나의 돌은
그냥 돌이다

그 위에 하나를 포개면
숨쉬는 꽃돌

또 하나 더하면
영롱한 사리가 빛나는
삼층탑

높이 쌓을수록
소망은 높아 가지만
사람 욕심은 끝이 없어
오층 칠층 팔층으로 높아만 간다

하늘을 거룩하게 만들기 위해
돌탑을 쌓고
사랑을 오래 지키기 위해
팔만사천의 마음탑을 쌓는
탑의 나라

한 사람은
그냥 사람이다

그 곁에 한 사람을 세우면
고귀한 사랑

또 사람을 더하면
천길 지진에도 무너지지 않는
바위섬 위의 등대탑

삭발

나이가 들어 늘어 가는 흰 머리
염색하기엔 이르고
그냥 두기엔 보기 싫어
짬짬이 키 큰 새치를 뽑아 본다

흰 머리카락 뽑으면
낮 생각의 뿌리혹
까만 머리카락 뽑으면
밤 생각의 비듬

단단한 머리 곳곳에
희고 검은 뿌리들이 엉켜
희끗희끗 무서리 내리면
몸의 체온도 조금씩 떨어진다

눈물이 희면
흰 머리카락 나고
피가 검으면
검은 머리카락 난다는 정직한 몸을
무슨 수로 숨길까

뽑는 것보다 쉬운
깎는 게 좋아
박박 배코 치고 앉아 노스님처럼
좌선하는 꿈을 꾼다

에로스

탄알 일발 장전하고
구멍 뚫린 가늠자와
삐쭉 솟은 가늠쇠에
살아 있는 표적을 올려 놓는다

천천히 조준선 정열
잠시 숨을 멈추고
일단 이단 방아쇠를 당기자
따 앙
멈칫 뜨거운 두 몸이 흔들린다

중요한 밑부분 세게 얻어맞고
바닥으로 힘없이 떨어지는
화약내 나는 쇠 콘돔 하나
절정은 짧을수록 미련으로 남는다

짐과 잠

짐은 짊어지지만
잠은 내려놓는 것
짐은 힘으로 이기고
잠은 꿈으로 이기는 것이라
짐은 남자의 길이 되고
잠은 여자의 팔베개가 되네

짐은 둘이 질 수 있지만
잠은 혼자 꿀 수 있어
낮엔 짐지며 독수리 눈으로 가고
밤엔 두더쥐 눈으로 잠자는데도
아직 짐과 잠을 혼돈하는
불혹의 어리석음은 여전하다네

이웃사촌의
짐과 잠이 한 몸 되는 날
무거운 하늘이 까치밤으로 닫히고
꼬리 잘린 인연의 불개가 짖기를 멈추어도
짐은 무겁게 갈지之자 길 위에 살고
잠은 곤하게 석삼三자 이불 속에 산다네

사월 앞에서

세월은 서러운 월세
한 달에 한 장씩 찢는 달력처럼
힘들게 서른 날을 살아온 흔적
그걸 찢어 입 큰 휴지통에 넣는다
꼬깃꼬깃한 지폐를 바르게 펴서
고스란히 쥔에게 바치는 날
허리는 아파도 맘속에 열정이 남는다

전세는 일 년의 여유를 갖지만
월세는 한 달의 틈새뿐
세월이 뒤집혀 월세가 되어도
주인이 겁나지 않는 용기가 좋다
전세금이 집값을 추월해도
월세 오르지 않는 푸른 봄이 오면
세월을 닮은 사월도 잔인하지 않다

겨울 거울

겨울 속에는
살 내음나는 거울이 있다

마주 보고 서면
서로 밝은 거울이 되는
그대는 나의
나는 그대의 정직한 거울

마음을 반사하지 않고
절대 깨어지지 않는 따뜻한 거울 앞에
눈물의 힘으로 가깝게 다가가고
눈물의 향기로 말없이 취한다

흐르는 눈물은 닦지 않는 법
그저 바라만 보아도
슬픔이 마르는 두 개의 하늘 창에
언제나 무뎌지는 바람의 날

거울 속에는
얼지 않는 겨울날이 있다

춘분날

꽃눈 위에 눈꽃이 피건
눈꽃 위에 꽃눈이 피건
이슬과 서리의 체온이 같은 그날은

꽃이 피고 새가 노래하건
새가 노래하고 꽃이 피건
아침과 저녁의 노래가 같은 그날은

눈물로 하여 물눈이 되건
물눈으로 하여 눈물 되건
하늘과 강의 빛깔이 같은 그날은

어둠 속에 지구가 눕건
지구 속에 어둠이 눕건
낮과 밤의 길이가 같은 그날은

몸의 논에 따뜻한 물을 가두고
마음밭에 옹근 씨를 넉넉히 뿌려도
낮과 밤이 눈맞아
해와 달도 은밀히 합방하는 봄날

비 오는 날

비 오는 날
우산 받고 길을 나서면
셋방살이 십년에도 부러울 것 하나 없다

반 평도 안 되는 그늘이지만
내 맘대로
비를 가릴 수 있는 둥근 자유
하늘을 가리면
울타리 욕심이 사라지고
얼굴을 가리면
장대 욕심도 사라지는 날
바람 불어도 뒤집어지지 않는
우산 하나 낙하산 삼아
낮은 데로 물길 따라 가는 길

만 원짜리 우산 속에
일십억짜리 젖은 행복이
말뚝춤을 춘다

이기는 법

홀로 산에 와서
어찌 해와 구름을 이기랴
해를 보내야 해를 이기고
구름을 보내야 구름을 이기는 법
그것을 배우기 위해
어둠을 지워 어둠을 이기고
봉우리 올라 봉우리를 이긴다

둘이 바다에 서서
어찌 바람과 파도를 이기랴
바람을 보내야 바람을 이기고
파도를 보내야 파도를 이기는 법
그것을 배우기 위해
눈물을 흘려 눈물을 이기고
슬픔을 안아 슬픔을 이긴다

오래도록 얼굴을 보고
어찌 추억과 이별을 이기랴
추억을 보내야 추억을 이기고
이별을 보내야 이별을 이기는 법
그것을 배우기 위해
가슴이 시려 가슴을 이기고
사랑을 태워 사랑을 이긴다

행복이란

행복이란 항복입니다
사랑하는 이에게 무조건 백기 들고
무장해제되는 것
눈을 감고 달려도 넘어지지 않고
뒤로 넘어져도 다치지 않는 몸 되기입니다
왜 그러냐 물으면
이유는 없고 말없이 웃는 것
바보 웃음이 행복의 미소입니다
할복보다 항복을 선택하면
가슴의 끓는 피보다
마음의 포근한 집이 보입니다

항복은 스스로 포로가 되는 일
손을 내미는 것은
아무나 일으켜 줄 수 있고
등을 보이는 것은
누구나 업어 줄 수 있는 것
항복은 양보보다 귀한
용기 있는 무저항 선언입니다
행복과 항복은 무촌
남남인 듯하지만 한지붕 아래 사는
미래형으로 끝날 수 없는
현재진행형의 축복입니다

5

눈사전

눈사전

눈의 뜻을 알려거든
눈 자를
영어 좌판에 놓고 쳐 보아라
SNS
눈은 세계와 하얗게 소통한다

반딧불이

붉은 새[丹鳥]라 부르는 그는
원래 벌레가 아니다
구천의 이슬 마시고
고요한 밤 밝히는 천연의 기념불은
숙이 영이와 선이같이
이字 돌림의 정겨운 사람 이름인데
누가 그를 개똥벌레라 부르는가
어둠 속 사람들이 무단 방뇨한
김 오르는 냄새 떨치고
고향 반딧불이 묘 반짝반짝 태우고 있는
무공해 생각 발전소 하나

섬

바다가 아플 때
섬이
약손이다

아무리 몸부림쳐도
섬은
기어코 바다를 잠재웠으니

파도가 도리질할 때
섬이
가위손이다

아무리 긴 머리채 흔들어도
섬은
반듯하게 수평선을 가위질하였으니

그대가 그리울 때
섬이
주먹손이다

아무리 애타게 불러도
섬은
끝끝내 등이 아닌 가슴을 두드렸으니

황매산 사랑

너는 순결바위라
빈틈이 없고
나는 돛대바위라
무지개 닻을 품고 있다
바위끼리 마주 보고 누워
구름 이불 덮으면
어라 이슬 머금고 황매가 피어난다
순결하고 돛대 같은 사랑아
푸른 오월 합천호 물거울 속에
붉은 핏덩이가
자주 발길질하는 이유를
나 이제사 알 것 같다

가설극장

별들도 조용히 눈감은 그믐밤
맘속엔 큰 바위가 먼저 들어앉고
호롱불로 일으킬 수 없는 가로수 길 따라
천막으로 둘러진 개울가 노천
발등에는 어둠이 말뚝을 박는다

좌르르 소리와 함께 대한 늬우스
땅바닥에 앉아 서울도 영부인도 보고
마지막엔 이국에서 베트콩과 싸우는
용감한 국군 용사를 보고 나면
기분은 이미 총천연색 시네마스코프

눈앞에서 지직거리며 비가 내리고
바람이 불 때마다 화면이 춤을 춰도
나는 자리에서 일어나
당당히 애국가를 부르고 앉은 문화인
주인공이 기어이 적의 가슴에 칼을 꽂으면
너나없이 야 소리 지르며 손뼉을 친다
배우가 눈만 껌뻑여도
두 눈 벌겋도록 울어 주는 순정의 집회

사는 건 어차피 한 장의 표로
잠시 왔다 좀 앉아 움직이는 그림 보다 가는
비극이건 희극이건
끝판엔 사방으로 둘러진 장막 걷히고
뒤이어 주인공도 사라지며
영화 포스터 같은 세상도 함께 사라진다

주렁주렁 달린 노란 전깃불 아래
극장표 받던 거인 아저씬 어디로 갔을까
쉴 새 없이 발동기 소리 들려오고
아직 가슴의 맥박도 같이 뛰는데
하룻밤 이승의 짧은 영화는
이슬 맞으며 지붕도 없는 별밤으로 만난다

추전역

철천지 세상에
녹슬지 않는 철로는 없다
무겁고 힘센 기차가 온몸으로 닦아대도
녹이 스는 철로는
막힘없는 외통수 길이 될 뿐
철철 넘치는 굽이진 인정도 없다
산 가슴 뚫고
강 다리 세우고
숨은 이웃 마음까지 깊게 뚫어 가며
침목이 침묵하고 있는 정오
햇빛도 가릴 곳 없는 기찻길 위로
심심파적 외마디 비명만 질러대는
철부지 놀음판에
기적이 하늘에다 바람의 금을 긋는다

반곡 철교

누가 놓았을까?
어른 한 걸음으로는 좁고
아이 걸음 하기엔 넓은
높낮이 없는 침목의 건반 헤아리며
허수아비 춤사위로 철교 위를 가네

삶은 철교 위를 걷는 것
발밑으로 강물이 도도히 흐르고
머리 위로 구름이 유유히 떠가는데
마음은 뚜벅뚜벅 큰 걸음
몸은 총총 작은 걸음

빨리 가도 종점은 있고
늦게 가도 만남은 있어
다리는 사람을 잇고
사람은 다리 건너 사랑을 찾지만
철교는 사람의 길이 아니라네

열다섯 순이 서울로 간 뒤
철교 쪽을 자주 바라보던 아버지는
고장난 아코디언 가슴으로 긴 숨을 내쉬는데
기적도 울지 않는 한낮 철길 옆엔
투신 준비하는 벙어리 민들레가 눈웃음 짓네

광안리의 밤

가면 등대
멈추면 수평선
돌아보면 파도가 보이네

서면 섬
앉으면 바다
누우면 하늘이 보이네

눈 부비면 별
눈 감으면 그대
잠들면 용궁으로 난 산호길 보이네

어제는 하늘의 날
오늘은 바다의 날
내일은 오장육부를 가진 오륙도의 날
사다리 배 타고 파도 절벽도 오르네

살아 있는 사람들은
저마다 생일을 즐기고
사랑하는 사람들은
둘만의 기념일을 만드는 밤

그 밤에 눈뜨고 있는
헤아릴 수 없는 은모래 씨앗들
소금향의 찰삭꽃 피울 수 있도록
바람의 신이여
푸른 깃발을 계속 흔들어 주오

너는 바다
우리는 다리
바다엔 외줄의 푸른 길 꽃이 피고
포세이돈이 힘껏 무지개 밧줄을 사리네

받침 민족

마오리
피그미
위구르
아이누
야노마미族은 받침이 없어
약한 족속이다
굴러온 돌이 박힌 돌 뽑는
언어의 받침 삼킨 모음이
주인을 노예로 만든다

게르만
프랑크
노르만
슬라브
앵글로색슨족은 받침이 있어
강한 족속이다
선 한자를 무릎 꿇리고
언어의 유성 받침 하나가
세계를 싸움판으로 만든다

받침이 없는 고려족과
받침이 있는 조선족은
둘 다 힘이 없지만
받침 튼튼한 우리 동방등불족은
수백 번의 공격에 끄떡도 않고
고딕이건 휴먼명조이건 상관없이
탱크바퀴 같은 받침의 힘으로
세계를 지배하고도 한참이 남는다

사라지는 것은

사라지는 것은
살아지는 것이다
만남이 사라지는 것은
이별로 살아지는 것

저리도 불타는 가을이
연기도 재도 없이 사라지는 것은
윙윙대는 겨울나무 눈꽃으로 피어나
더 굳세게 살아지는 것이다

꽃으로 살아지는 봄
화무화무 맞장구치며 붉게 웃어도
난분분한 낙화 앞에
금세 꽃 목숨들이 자취도 없이
다시 사라지는 것이다

꼬리에 머리가 달린 것
머리에 꼬리가 달린 것
어느 것이나 뱀의 형상과 기는 목숨
그러니 사라진다고 슬퍼 말고
살아진다고 자주 큰 웃음으로 기뻐하라

사라지는 것은
살아지는 것이다
오늘이 사라지는 것은
내일로 살아지는 것

기백산가 箕白山歌

지리산이 한눈에 보이는 걸 보면
어리석지 않네
덕유산이 한 손에 닿는 걸 보면
덕이 없지도 않네

눈부신 해 얼굴을 보려고
큰 산에 올랐더니
주름 고른 산들이
굽이 긴 강을 만들고
머리카락 날리우는 바람이
억새의 허리춤을 만드네

산신이 되었다가
신선이 되는 그곳을
왜 이제사 왔노
금빛 원숭이가 살고
청룡이 다스리는 일곱 번째 별자리를
왜 지금사 찾았노
참 너무 무심하게 살았소
응 꽤 오래 멀어져 있었소

지혜롭게 살려면
굳센 기백의 사내 등에 업히라 하고
덕 있게 살려면
푸른 기백의 정신 듬뿍 함양하라 하네

세관 검사

세관원은 출근하여
부지런히 검사를 선택한다
그가 칼을 뽑는 검사장
정의의 칼날을 바로 세우고
공정한 저울의 수평을 가늠하여
앞면발췌 또는
내장검사를 하면서
이름과 성별과 무게 등을 확인한다
소지허가 없는 검을 들고 행하는
특별한 검사의 칼질로
허기진 나라 뒤주가 차오르고
세관원은 하루에도
애국의 착한 갑질을 반복한다

파고다

길이었다
바람이었다
해그림자였다
침묵의 돌이었다
시간의 기둥이었다
아니 파주 최고의 금자탑
만장의 박수갈채였다
대보름 월출이었다
하늘 사다리였다
진신사리였다
사람탑이다

이상한 나라

남쪽은 기자조선
조선일보가 지배하고

북쪽은 위만조선
인공기만 펄럭이고

동쪽은 우산국
오징어 먹물비 내리고

아, 서쪽은 물무덤 속
법복 입고 잠든 가거초뿐

코 큰 놈

동물의 왕국에서는
코 큰 놈이 최강이다
누가 뭐래도
일등은 코끼리
이등은 코뿔소 순

날카로운 송곳니 길이보다
단단한 코의 높이를 보라
코 큰 놈이 지배하는 세상에
내 코가 석 자인 나도
천적 없는 콧대 목숨이다

사람의 길

허공은 바람의 길이고
나뭇가지는 다람쥐의 길이다
보이지 않는 길이거나
끊어진 길을 자기 길로 만드는 것은
사람의 일이 아니다
길이 아니면 가지 않는다며
사람들은 큰 길을 내지만
그것은 사람의 길이 아닌
차가운 무명의 바람 길이다

바다는 파도의 길이고
꽃은 나비의 길이다
부표도 없는 길이거나
향기도 없는 길을 제 길로 만드는 것은
사람의 길이 아니다
지나온 길은 아름답다 하며
사람들은 추억을 사랑하지만
그것은 오늘의 길이 아닌
희미한 어제의 시간 길이다

사랑은 아침의 길이고
이별은 저녁의 길이다
해가 떠오르지 않는 길이거나
별이 반짝이지 않는 길을 그리는 것은
사람의 꿈이 아니다
해처럼 별처럼 빛으로 살며
사람들은 하늘을 우러르지만
그것은 눈부신 여명의 길이 아닌
외로운 찰나의 노을 길이다

파뿌리

파뿌리
파뿌리 되도록
주례는 그렇게 외치고

파랗게
파랗게 멍들도록
부부는 서로 멍자욱 남기고

흰 머리 염색하면
다시 검정 머리 되지만
검은머리 파뿌리라는
말은 이제 무효

뿌리는 뽑지 말고
뿌리를 댕댕 감지도 말고
파뿌리는 그냥 하얗게
부부의 뿌리는 가늘고 길게

6

\

공자 감옥

공자 감옥

동그라미 하나 그려 놓고
공자 성인이라 한다

나와 집과 이웃을 위하고
예와 인을 받드는 공자 앞에
날선 직선은 보이지 않는다

누군 곡선이 예술이라
공자가 살아야 나라가 산다 하고
누군 대중이 주인이라
시인이 죽어야 문화가 산다 한다

공자가 하 많은 이 세상에
진정한 공자는 없고
지구는 둥근 공자
하늘은 구멍 공자
시인은 아홉 구멍 모두 시린 공자

동그라미 하나 그려 놓고
공자 감옥이라 한다

보물섬의 종말

사월과 시월 사이
무심히 세월 혼자 바다에 누워 있네

하늘로 닻을 내린 배
애꾸눈 선장이 제일 먼저 도망치네

어린 손가락 발가락엔 낀
에메랄드 사파이어 섬광이 사라지네

바다가 갈라지는 기적의 진도에
노아의 방주를 띄워 달라 기도하네

촛불 켜고 오래도록 간구해도
보물섬마저 컴컴하게 가라앉는 그믐밤이네

시간이 멎어 버린 봄올섬에
아직 찬바람과 두루마리 파도의 겨울이네

사월과 시월 사이
자매처럼 진도와 안산이 부둥켜 울고 있네

사이공 기도

월남전 참전용사에게 보낸
위문편지가 사이공에 도착하고
아오자이 입은 아가씨들이
야자수 아래서 코리아 병사와 춤추던 밤
술 취한 보름달은 무사히 하늘江을 건넜다

5일 전 진도섬 파도에 실어 보낸
귀환의 철야 기도가
배 뒤집고 무심히 누운 세월호에 닿았는데
울돌목 바닷길 열리는 모세의 기적은
아직 일어나지 않고 있다

부활절 아침 눈물 기도를 올려도
뱅골 호랑이처럼 사나운 이빨 드러내는 바다여
제주의 푸른 드림을 꿈꾸던 아이들이
두꺼운 철판 하늘 뒤집어쓰고 컴컴하게 울고
천리를 보는 토종 진돗개들이
맹골섬 향해 기를 쓰고 짖는다

월남 사이공처럼
욕심 전쟁이 끝나고 평화가 오듯

신비의 바닷길처럼
용왕이 뽕할머니의 길을 열어 주듯
420 간절한 기도처럼
부활의 만남은 기적으로 오라

쑥국

정숙 영숙 경숙이
봄밭에서 쑥을 뜯는다
빛바랜 겨울 치마폭을 뚫고
쑤욱 올라온 어린 싹을
창칼로 똑딱똑딱 뜯는다
첫 쑥 뜯어 국 끓여 먹고
백일 동안 햇빛 안 보고 잘 견디면
쑥국새 우는 봄
꽃피우는 바람의 주인이 된다는데
숙아
불러도 셋 다 아무 대답이 없고
전신만신 욱신거리는 고향 쑥밭엔
쑥덕쑥덕 들려오는
아이들 꽃가마 소식뿐
맑은 장국에 밥 한술 떠먹고
쑥국새 뜨겁게 우는 그날만
곰처럼 기다린다

마네킹 속옷 벗기는 남자

신비가 보고 싶을 때 순수를 사러 속옷 가게를 간다 맨눈으로 볼 수 없는 가슴 주머니와 엉덩이 날개의 무수한 잔해를 지나 가지런히 토막난 설렘을 넘고 넘어 만나는 늘씬한 마네킹

그녀는 손수건 두 장을 고래수염으로 잘 묶은 브라와 매미 날개 소리 들리는 살색 팬티의 미인이라는 죄명으로 부동자세 고문 중

죄인도 브라와 팬티를 입으면 미인이라 도덕의 털끝 하나 건드리지 않으려 점원에게 마네킹이 입은 그 옷을 벗겨 달라 말한다 왼손도 모르게 오른손으로 모아 주고 받쳐 주고 입혀 주는 게 사랑이라 가슴과 허리와 엉덩이 둘레도 모르는 총각을 마네킹 속옷만 벗기는 이상한 남자로 만든다

비아그라

여자 이름 같은 화이자
거기서 만든 알약이
먹는 필름과
비닐팩에 든 커피믹스가 되어
시도 때도 없이
누운 세상 불끈 일어나게 한다는
이상한 아그들이 행진하는 봄
그 포장에 오남용이란
붉은 이름표는 없고
견고딕체의 강한 성이
남의 자릴 독차지하고 있다

어느 별 이야기

사과가 갑자기 가지에서 뛰어내려 자살을 하고
벌이 장미꽃에 눈멀어 유채밭을 떠나 이혼을 하다
개미들이 일감이 없어 노숙을 시작하고
우두머리 원숭이 아들이 사파리 학교에서 자퇴를 하다
보리쌀이 색깔론에서 이겨 백미를 임금 밥상에서 밀어내고
나비는 독무기가 없어 나방에게 꽃밭을 빼앗기다
멧돼지는 불뚝 힘만 믿다 담비 떼서리 먹이가 되고
주꾸미와 갑오징어가 서로 감고 사랑하다 어부지리가 되다
우리나라가 토끼도 되고 가끔은 호랑이도 되고
지구가 별도 되고 화성의 달도 되다
산다는 건 지구마을 편도 기차표 한 장
달리는 열차에서 후렴구 없는 애국가를 혼자 부르다
동해물과 백두산이 마르고 닳아도
봄과 겨울이 앞뒤 자리를 바꾸지 않는
아, 눈부신 별의 별 법칙

문래동 연가

문래 사거리 철공소 골목에
젊은 화가의 붓질로 키우는
반딧불이가 산다

어디로 갔을까
쇠를 먹고
불똥 누는 뜨거운 벌레들이
팔 긴 선풍기 날갯짓에
수 미터 허공으로 힘차게 날아오르던
초살이 목숨들

흐린 발자국과 보드라운 수염으로 그린
다슬기 그림의 혼이
대낮에도 반디 되어 날아들며
바위보다 강한 쇠를 자른다

백반 전문 식당의 인기 메뉴는
이제 비빔밥
풋나물에다 고추장 넣어 쓱쓱 비비면
쇳가루는 보이지 않고
여기 걸걸한 탁배기 한잔이면
더 뱉어 낼 가래침이 없다

청정하다와 오염되다가
녹물 얼룩진 골목에서 나누는
낯선 어울림
그리고 셔터문 내리고 체위 바꾸어 가며
불꽃 피우기 작업 중

독님 만세

개코 개밥 개털이라 하며
매일 개를 끌어안고 사는 나라에선
개를 무서워하라는 말인가
개에게 잘 대해 주라는 말인가
개조심 푯말 앞에 서서
나는 개를 생각하며 혼돈한다

개자식이라 말하는 사람들을
멸종 위기의 늑대들이 우우 비웃는 세상에
그래도 사람 조심이란 푯말이 없는 게
참으로 다행이다
천적도 없는 사람에게 물리면
아무 치료약이 없으니
개에게 물리는 게 더 낫다는 걸까

대문도 없는 개집 밖에서 벌이는
승자 없는 개싸움을 보며
사람은 개 조심
개는 사람 조심하면서
그래도 사람보다 정직한 개를 위해
개판 세상을 향해 독님 만세 삼창할까

이월된 이월

한해의 두 번째 달이 오면
겨울도 봄도 아닌
변덕스런 날씨에
검은 암소뿔이 오그라들고
강바람도 제정신을 못 차린다
겨울 사내를 봄 처녀에게 소개하려고
입춘과 우수를 살펴
좋은 날을 서둘러 잡아 보지만
올 달력에는 29일의 일요일이 없다
눈보라의 찬 손가락에
아지랑이 불반지를 끼워 주려
짧은 방학도 하나 끼워 넣고
꽃샘바람도 한 자락 빌려와 장막을 쳐도
이월은 이미 토막난 달
꽃도 개구리도 빨리 삼월로 옮기고 넘겨
이월은 채 이삿짐을 싸지도 못하는
어설픈 사글세 달

자위대

이젠 철들었네
알몸을 욱일승천기로 감은 채

전쟁도 마다하고
쿵쿵 화산 터지는 열도에서

비밀의 무기 숨기고 자위하는
평화의 잡파니슴

이젠 통사정도 않고
혼자 위로의 잔치 벌이고 있네

잘못된 사전

위안이란 단어는 두어도
위안부란 단어는
우리 사전에서 삭제해야 한다
누굴 위로하여
마음 편하게 만드는 것이 아닌
이차세계대전이 징발한
십팔세 이상 삼십세의 꽃다운 여성이
평화의 할머니로 광복동 사거리에 누워 있다
누가 누구에게
위안을 주고 위안이 되는가
노예가 노예에게
정신을 말하고 정신의 깃발을 내걸어도
사전에 정신이란 단어는 지우고
정신대란 단어는
우리 사전에서 검은 피로 써야 한다

해피코리아

해피코리아라는 회사에서 내건
국산 고추 지지대 광고는
지지대 앞쪽이 뾰족하여
꽂기가 좋고
녹슬지 않아
튼튼하게 장기간 반복 사용이 가능해
토종 고추 반듯이 세울 수 있단다
붉고 맵고 독오른
최상급 고추를 생산하기 위해
잰 망치질로 머리 숙인 나무를 곧추세우면
어느새 해피하고 붉은 코리아가
가지마다 주렁주렁 열린다
아무리 비바람에 고추가 흔들려도
실한 지지대가 조선을 세운다

문화전쟁

겨레의 뿌리는 가늘어져도
문화의 뿌리는 점점 굵어 가고

한류의 강은 오대양으로 흘러도
강남스타일 말들은 오빠 목장에서 뛰어놀고

예술의 뿌리는 사랑을 키워도
사랑의 뿌리는 지구를 싸움 넝쿨로 뒤덮고

아, 시는 생각의 겨우살이로 살아도
시인은 꺾인 나뭇가지에 비린 피꽃을 피우고